KB130335

성냥개비

-개정판-

양여천(梁餘天)

성냥개비

양여천 시집
魏餘天

기한이 다하는 날까지
손끝에서 손끝까지
불을 옮겨줄 심장이고 싶어

하움출판사

나의 불꽃을 옮겨줄 심장

_____ 에게 드립니다.

1부 _ 불꽃의 춤

2부 _ 불꽃을 살아내면 불길이 되더라

1부

불꽃의 춤

불꽃 이글거리는 치열함 속에서

나는 내 속의 불꽃이 나를 불살랐음 좋겠어

홍차 한 잔 속에서

붉은 외로움을

푸르른 불꽃에 얹어

사르르 불꽃은 물보라로 피어나고

동맥이 끊어진 찻잎이

피를 적셔놓았네

향이 없다면

무섭도록 혀끝이 아리웠을텐데

내 가슴이 너를 머금고 죽었더라면

정열을 독약이라 했겠지

그렇게 뜨겁던 피가 나를 맴돌았었지

서른 나이는 내 찻잔이야

아직 눈물은 나를 넘칠 수 있지

바닥에 핏물이

그냥 울어버렸다가 물들었다.

성냥
개비

얼마나 울면

그렇게 눈물이 피가 되겠니?

내가 남기는 찌꺼기가

불꽃을 잘라먹고 낙엽이 타듯

목마른 미이라였음 좋겠다.

어딘가엔

한 번쯤은

우리가 처음 만났던 그때로

돌아갈 수 없을까?

어딘가엔

그때, 그 시간들이

아직 남아 있을 것만 같아

지나쳐 왔다고

놓쳐 버렸다고 해서

다시는 돌아갈 수 없다면

왜 언제나처럼

봄이 다시 돌아오고

꽃이 다시 피어나겠어

끝이 아닐거야

어딘가에 저 먼 별에 가면

우리가 다시 만나고

다시 사랑하고 있지 않을까?

성냥

개비

봄꽃이 봄에 지고

별들이 밤하늘에서 질 때

봄은 꽃을 놓지 않고

밤은 별을 지우지 않아서

다시금 봄이면

우리는 다시 만나고

다시금 밤이면

그대 눈동자는 그렇게 아름다운 거야

돌아갈 수 없을까?

내 가슴에선 멈춰버린 시간

내 입술에 닿았던

꽃잎 같았던 그대의 입술

우리가 처음 사랑했던 그 순간

화인(火印)

어쩌다 그대 만나면
견디다 못해 타오른 자리
그대가 놓였다가 일어선
내 삶에 그대 만났던 자리

그대 한숨에, 나의 한순간
쌓였던 억장이 불붙어 무너지고
결국 내 소망은 소멸하고 말아
마음에 끝없이 다가서다 데이고도

뒤에 살아갈 삶은
모두 재가 되고 말아도
나를 만나는 자마다
입술에서 옮겨붙을

열기여.....

성냥
개비

찔레꽃

- 장사익 "찔레꽃"에 붙여

여름내 원두막 밖에서

수줍게 하얀 달의 미소야

머리에 얹고 덩실덩실 춤을 추면

물가에서 항아리 이고 돌아오시는

할머니 머릿결처럼 바람에 노래처럼 들리는

귓가에 자장가마냥, 머리맡에서 엄마가 돌리던

물레에 북을 치던 소리처럼

익숙한 웃음아, 찔레꽃 그 슬픈 발음처럼

북받치던 설움에 강가에 돌아서던

아, 아! 그 꽃아, 누이처럼 고향에 올 수 없는

찔레꽃 설움에 추는 꽃아...

성냥개비 1

성냥개비,
불을 긋고
두 손에 모아
아득한 소원, 다 태우지 못하고
한 점 불길을 안은 채
사그라든다

앗, 하는 외마디 비명도
안으로 타고,
목숨은 그렇게 간다

성냥개비,
그 배배 마른 가지를
차마 다 못 태우고
휘휘 저어
공중에 살긋이 연기로 간다
비틀어진 삶, 손으로 곱아들이며
죽는 순간이 되어서야
더 뜨겁다

성냥
개비

성냥개비 2

기한이 다하는 날까지

손끝에서 손끝까지

불을 옮겨줄 심장이고 싶어

몸 닳아가는 삶에서

불꽃 이글거리는 치열함 속에서

나는 내 속의 불꽃이 나를 불살랐음 좋겠어

기약된 순간이 오면

그 끝에 다다르면

나는 비로소 견디지 못하고

불타오르겠지

하얗게 아스라이 절규하는

푸르른 불꽃의 표면 위에

춤추는 날갯짓 하나로

숨죽이며 살아왔던 나를 벗어버리고

그제사 자유로이 파아란 하늘에 오르고 싶어

나는 죽으면 한 개 나뭇가지로 묻혀 썩어지기보다

살아서 숨을 쉬는 동안에 불꽃 열차를 타고 승천하고 싶어

알게 된다

비로소 알게 된다.

사랑했던 것을 알게 된다
얼마나 사랑했는지
그리고 잊어가는 법을 알게 된다

그리움을 알게 된다
그것을 견디어 내는 법을 알게 된다
외로움을 알게 된다

그것과 친해지는 법을 알게 된다

사랑했던 사람을
다시 사랑할 수 없는 것을

모든 것에서 결국
혼자가 되고 마는 것을
알게 된다

성냥
개비

내가 외롭다는 것을 알고 있지만

그렇게 살아야 하는 법도 알게 된다.

봄이라는 힘없는 무력함 앞에 앉아

마치 꽃이 종이 찢어지듯이

봄의 품 안에서

그렇게 찢겨져 나가는데

그 잔인한 아픔 속에서

봄은 무심코 지나가고

얇은 너의 피부 위에

온 힘을 다해서

손끝으로 너의 이름을 쓰고 또 지워보는데

너는 오지도 않고

너를 기다렸던 소중한 시간은 멀어져 가고 있다

너에게 그렇게 소중했던

너를 품에 안았던

그 짧은 순간은

아무도 생각하지 않고

아무에게도 의미 없이

내 품에서 무심코 찢어버리고 있다

성냥
개비

느릅나무숲 숨은 길

느릅나무 숲속 숨어있는 길 지나면, 다른 계절로 갈 것만 같다.
하늘의 색은 변함이 없는데, 땅은 온통 빨갛고, 노랗고, 갈빛의 물
결이다. 하늘이 한 번 손으로 쓸어보면 물들은 짧은 산의 머리카
락은 우수수 색종이를 털어놓겠다.

느릅나무 숲속 숨어있는 길 지나면, 어제로 갈 것만 같다.
오늘은 어제와 달라야 하는데, 내일은 오늘과 다른 삶을 살아야
하는데, 나는 회전문을 돌며 노는 아이처럼 그렇게 한자리만 맴돌
며 살게 되었다.

느릅나무 숲속 숨어있는 길 지나면, 너에게로 갈 수 있을 것만 같다.
너는 어제에 살았고, 어제의 하늘밖에 볼 수 없었지 너에게는 아
직 하늘의 계절은 여름이고, 땅에 색깔은 초록이겠지. 그런데, 나
는 벌써 겨울이 다 되어 간다. 너를 담고 있는 하늘은 한없이 더
멀어지기만 하고 나는 이제 낙엽처럼 시들어 가고 있단다.

느릅나무 숲속 숨어있는 길 네가 찾아내었던 그 길이잖니.
그 길이 끝나면, 느릅나무 숲의 초록도 끝나는 걸까? 네가 찾아내
었던 그 길이 이제 낙엽이 덮어서 내 눈은 눈물로 덮여서 길도 너
도 찾아볼 수가 없구나!

느릅나무 숲속 숨어있는 길 혼자 걸을 수밖에 없는, 나의 삶에는

미로처럼 아직 출구가 없는 길...

성냥
개비

불가항력의 춤

멈출 수 없음을 느낀다면
그것이 진실이리라
제어할 수 없는 힘이
한 사람을 살게 하고
만나는 순간에
서로에게 속한 운명이
우연이 아니었음을 안다면
지체함 없이 다가서라

한순간도 움직이기를 체념한다면
나아가지도 물러서지도 못하는
삶을 더 가지려 말고
놓아버린 그 모든 빈자리에서
그만 고개 들어 날아가라
살아보려 애쓰지 말고
이끄는 그 모든 손을 놓고

멈출 수 없는
진리를 향해 나아가라

그리고, 우리

목숨처럼 다시 만나자

불길같이 서로를 태우고

미련 없는 삶이 되어 다시 만나자

강물이 되어 마주하면

울음처럼 커다란

흐름이 되어 만나고

숨결 하나로 목마른

그런, 사랑을 하자

감기

공기가 나를 참
아프게 한다

털 뭉치를 집어삼킨 고양이가
토해내지 못한 마른기침처럼
되삼키고 있는, 욕심이

내 목에 고여
한심하게 삼키지 못한 목마름이
아프다

꿈을 꾸고 있었는데,
내 몸에 누군가가 앉아
목을 지그시 누르고 있는 것만 같다

나는 그저,
젖은 몸을 허우적대고 있는 생선일 뿐
은빛 비늘을 퍼덕이다가
숨이 말라붙어 수면 위로 퍼뜩 뛰어오른다

이제는 그 기침이 목을 갉아 먹고

폐 속에는 발톱 자욱이 늘어가는

퇴화되었다고 생각했던

옆구리에 남아있던 꼬리뼈 같은

아.가.미

그곳에 수포가 차고

부종이 터진다

차마 들이키지 못했던, 그 가래 같은 기억이

공기가 나를 아프게 한다

성냥
개비

우리 함께 서 있을 수 있는 시간은

우리가 함께 서 있을 수 있는 시간은

여기 아주 잠시뿐이잖아요

우리가 이렇게 서로 마주 보고 손을 맞잡고

저 새하얀 달 아래에 이 새카만 밤하늘 아래

이렇게 서로의 빛나는 눈을 바라볼 수 있는

별들이 총총 머리 위에서 빛나는 숲길의 한가운데

지구라는 별에서 우리가 서로 태어나

이렇게 당신 앞에 서 있을 수 있는 시간은

얼마나 길고 긴 인생의 시간을 지나서

이렇게 짧고 짧은 계절의 한순간

구름이 지나가는 그 순간의 순간일 뿐인데

그렇게 쉽게 단정 짓지 마세요

그렇게 쉽게 손에 쥐었던 걸 던져버리지 마세요

그렇게 쉽게 고백하고 그렇게 쉽게 그 단어를 써버리지 마세요

그렇게 쉽게 꽃을 따버리지 말고

그렇게 쉽게 손에 빗방울을 받아

그렇게 쉽게 떨어지는 잎사귀 위에 사랑을 새기지 말아요

그렇게 쉽게 손에서 녹아버릴 하얀 눈을

그렇게 쉽게 입술에서 호흡으로 불어 버리지 말아요

우리 사랑했잖아요.

두 번 다시 반복되지 않을 순간을 우리 함께 했잖아요.

한순간만이라도 더 입맞춤을 주세요.

한순간만이라도 더 안아주세요.

당신을 이제 더 이상 보지 못하고

세월의 나머지 삶을 모두 낭비한다고 해도

절망과 슬픔만으로 가득하지는 않을 거예요.

그렇게 쉽게 포기하지 마세요

그렇게 쉽게 행복했던 기억을 잊어버리려고 망쳐버리진 마세요

그렇게 쉽게 고통으로 그렇게 쉽게 슬픈 미소 짓지 마세요

우리가 함께 서 있을 수 있는 시간은

이제 레코드의 마지막 트랙을 돌며

그만 끝이 나겠지만 서로 손을 잡고 춤추었던 따뜻한 포옹은

서로의 가슴속에서 심장이 뛰는 그 고동 소리가 멈추는 순간까지

내 가슴속 깊은 곳에 간직해 둘 거예요

당신을 만났던 해와 달과 별과 구름이 지나가던, 뜨겁고 차가웠던

하늘 속에 계절이

아주 잠시 멈추었던 그 순간에

성냥
개비

낮잠

할아버지 주무시면 언제나
곤히 입 벌리고 주무셨다.

어느 날 그 옆에서 밥을 먹던
삼촌 한순간 숟가락을 들어
할아버지 입안에 넣을까 말까

화들짝 잠이 깨어 앉으신
할아버진 밥알을 씹으시며

"누구야!" 불호령에
삼촌 식사하던 밥상도
도망가고, 식구들 알면서도
참는 웃음에 숨 막혀 말도 못 하고

사진은 말한다

사진이 무엇 말할 나위 없이
재판장 증거대 책상 위에 놓여졌다

증인은 없었으며 본 사람도 없었다
사진사가 본 것은 북망산의 풍경일 뿐

허어, 여봐요 사진 한 장이 무슨 말을 한다는 겁니까? 사진에서는
그녀가 딸을 구하려고 팔을 뻗은 것인지, 알 수가 없지 않습니까?

자리에 앉은 피고인,
당일 등산 도중 산봉우리에서 예기치 않던 사고로 동행했던 딸의
실족사, 살인미수 혐의로 기소되었으나 사고로 판명함에 따라,
1심 공판 : 무죄, 증거 불충분.
현 항소심 공판 항소심 자료,

동일시각에 건너편 몇 미터가량 떨어진 봉우리에서 우연히 사진
촬영 중이던 사진사의 풍경 사진 중에 포착된 한 장의 상황 사진
을 기초, 이를 증거로 제시함.

증거로 내놓은 사진만으로는 진위를 가리기에 불충분합니다. 피

성냥
개비

고인이 평소에 계모로서 딸과의 관계가 원만하지 않았다고는 하나, 그렇다고 살인을 저질렀다는 것을 증명하기에는 사진 속의 포즈가 명확하지 않습니다.

재판장님 두 번째 증거물을 제시합니다.
여기 첫 번째 사진의 최고 확대 사진입니다.

사진은 말한다, 속일 수 없는 진실을

확대된
소녀의 눈,
소녀의 안경 속에 비친 어머니

어머니는 웃고 있었다.

성냥
―――――
개비

빈 컵

물 마른   우물을

들여다   보았을 때

텅 빈   내 안에

네가   스며들 여지가

남았을까   눈물처럼   널

손안에   담가   훌쩍

마시면   목마른   입

맞춤   재스민   향

너는   무엇을   해도

담아도   채워질   수

없는   한숨,   젊은 가슴

찰랑이는   바닥까지

다 마셔버리면   바닥에 고이는

차 찌 끄 러 기 에   배 인   맛 처 럼

넌 단지 바닥에 남은

동그라미

꽃의 꾸밈새

- 그리고 꽃이 되었다

걸어가 보지도 않은 그 길을 아름답다고 말할 수 있을까?

말로는 얼마든지,

꺾어지는 아홉 번의 붉은 굽이굽이마다 구절초 돌아눕는데,
손녀딸 홀로 가는 산굽이에 걱정되는 할미꽃 허연 고갤 내려놓고
성큼성큼 키가 우뚝했던 너를 갈밭에다 던져 넣고 입을 맞추자
바람에 너덜너덜 한복 소맷자락 같은 패랭이꽃 팽글팽글 웃을 때면,
하늘 끝을 확 잡아채어 묶을 것 같던 하늘매발톱꽃 언덕 위에 하
늘거리고

이름도 모르는 초개(草芥)처럼, 내 곁에 누웠다가 일어났던
너는, 너는 그저 내 기억 속에 낡은 얼굴만 남겨져 있는데
홀연한 풀씨처럼 입술에서 날아가 버릴, 꽃의 이름이여!

걸어가 보지도 않은 그 길엔 분명 걸어왔던 길보다도 더 아름답게

아직 말하지 못한

꽃들이 날 기다리고 있을 거야

성냥
개비

매화가지에게

슬프니?

아니라
고개를 젓는다

아프지 않아?

괜찮다며
손사래를 친다

너의 가슴에서 떨며 흩어지는
그 작은 숨결에도

내 가슴은 찢어지는데

너는 천연스레 웃는다.

끝내 내 눈시울 붉어지고

실핏줄이 속에서부터 터져

하얀 살갗 아래 피가 번져 나온다

핏기없이 가느다란 가지들이
이젠 피가 배어 피투성이가 되었다

제발, 그 누군가
봄이 다가오는 걸 멈추어다오

망연자실 나는 말을 잃는다

슬픔을 한 번 경험한 가슴은
체념해야 할 때가 언제인지

이미 알고 있다.

그래도, 그래도

첨첨이 스러지는 너를
손끝에 안으며
소리 없는 계절을
아직 붙잡은 채

나는 목놓아 절규한다

성냥
개비

꽃잎

손끝에 투명하게
네 영혼이 비칠 것 같다
너는 보이지 않는 천사가 흘리고 간
빛의 조각은 아닐까?
너는 보이지 않는 봄을 헤엄치고 간
은어의 분홍색 비늘은 아닐까?

눈에서 한 꺼풀
영혼에서 한 꺼풀
나풀나풀 바람 속에
한없이 허공에 머물러 있을 것 같다
나무에서 지상까지
네가 떨어지는 속도가
내게서 봄이 멀어지는 속도와 같다

나무는 차분히 옷을 벗는다
하얀 저고리, 분홍 적삼을 벗어
옷고름이 바람에 펄럭인다
얇은 베 고름이 눈 앞을 가리던 순간

어느새

세상은 그저 초록의 천지이고

천사의 엷은 영혼도

은어의 빗발치던 은비늘도

한 조각 남아있지 않다

꿈이었나보다

나비는 꿈속으로 날아가고

꽃비 속에 날개 치며

빛 속에 네가 날아들던 순간은

손끝의 느낌 한 조각으로밖에는 남아있지 않고나

성냥
개비

너를 사랑하지 않았을 것이다

나는 너의 불완전함에서
나에 대한 안정을 찾고
너에 대한 나의 사랑을 발견한다.

깡통 속에 던져넣은 종이 속에 도사리고
제 몸 녹여가는 불꽃이 자기 어둠 속에 춤을 추듯이
나는 너의 어루만질 수 없는 얼굴의 긴 실루엣을 사랑하고
나는 네가 들어오는 시간 황혼의 문 앞에 드리워진
불안하게 키를 늘린 그림자를 사랑한다.

나는 대체 왜 너를 사랑하는가?
나는 호수처럼 이루 말할 수 없는 슬픔으로 너를 사랑하며
내 가슴에 미어지게도 하고 일렁이게 하는
너에 대한 측은함으로 숨죽여 내 가슴을 적시게 한다.

나는 너를 사랑한 적 없다.
그래, 네가 나를 사랑하라고 한 적이 없듯이
나는 너를 사랑한 적 없다.

내가 사랑했던 것은

한없이 아름답다고 생각했던

그 불꽃 이글거리며 타들어 가는 심지처럼,

내 속에 도사리고 있던 불안감을

비로소 내 속에 불태우며 어둠 속에 일렁이는 불빛 속에 환희를

느꼈을 뿐

내가 사랑한 것은

알 수도 없는 앞날에 대한 걱정에서,

여름날 황혼 속에 달구어진 아스팔트를

맨몸으로 달리다가 나뒹굴었던 젊은 날의 가난한 정열을 사랑했

었을 뿐

내가 사랑한 것은

바람이 스치고 지나가는 것이 느껴지지 않는 호수의 고요함, 그

기슭에 엄습하던 두려운 우윳빛 안개처럼

내 마음을 적시던 너를 기다리며 설레었던 그 한없이 길었던 시간

의 그림자였을 뿐

네가 완전한 존재였다면

나는 결코 사랑을 택하지 않았을 것이다.

나는 불완전한 존재일 뿐이니까

네가 와서 내게 불을 붙이지 않았다면

네가 와서 소리 없이 나를 흔들지 않았다면

성냥
개비

너의 얼굴이 어두움 속에 고개를 내밀지 않았다면

너의 목소리가 내 귓가를 타고

나를 부르지 않았다면

나를 사랑하지 않았다면

내가 사랑하고 싶지 않았더라면

너를 사랑하지 않았을 것이다.

검의 시

나는 결코 중간을 용납하지 않는다

내가 지나가면
너는 좌와 우, 흑과 백, 밤과 낮, 선과 악
그 어느 곳에 설 것인지를 분명히 해야만 한다

대쪽처럼 나는 너희를 가르고
너희는 들길처럼 좌우로 헤쳐 설 것이다

나는 결코 결정을 미루지 않는다

내가 지나가면
정의되지 않았던 그 모든 것들이
하나로 결정될 것이다

나는 정의밖에는 용납하지 않는다

눈을 가리고 어둠 한가운데에 서서
팔을 그 어둠 속에 휘저어 보아라

성냥
개비

아무것도 없던 곳에

나는 위와 아래를 가르고

좌와 우를 나누고

흑과 백을 분간하며

모든 공간을 선과 선의 경계로 갈라놓았다

내가 있음으로 너희의 행동은 분명해질 수 있었고

내가 있음으로 너희는 사물을 분별할 수 있게 되었다

내 자신은 결코 무뎌짐을 용납하지 않으며

나를 쥔 네가 한치라도 망설임이 있다면

나는 네 자신이라도 베고 말 것이다

나는 앞으로 나아가기만을 갈망하고

나는 그 어떤 불꽃이라도 잘라내기를 원하며

나는 언제나 더 깊이 파고들기만을 갈망한다

너의 살을 내게 다오

너의 뼈마디 아픈 곳의 마디마디를 끊어내어

내 노래, 이 검날의 시가

네 육체와 영혼을 분리해 내는 그 순간에, 비로소

칼날에 이는 바람으로 검의 시를 완성하게 되리라

2부

불꽃을 살아내면 불길이 되더라

도자기, 아픈 불꽃을 안고 꽃으로 피는

아프고 아팠던 불꽃 같던 나를 안고 한없이 고운 꽃으로 피었던

울 엄마

악보

철커덩, 철커덩

문이 열리고 닫히는

무거운 베이스의 음성을 따라

기차는 멀고 먼 여정의 아리아를 시작한다.

소리 없이 드문드문 서는 정거장의 불빛마다

열차는 트레몰로와 크레센도로

몰아쉬던 육중한 호흡을 서서히 돌아눕고

거친 소리는 가끔씩 트릴이나 바이브레이션으로

밑줄 그어진 창가에 기대어 선 사람들을 흔들어 놓는다.

그저 젊은 날에는 홀로 위대하다 생각하고 다락방에 보통이처럼
무릎을 끌어안고 앉아서 썼던, 막간(幕間)마다 갈겨 넣었던 성급
한 시도들이, 산곡(山谷)을 넘나드는 하얀 머리카락 속으로 내려
앉을 때가 되면, 앞선 전신주들이 달리면서 남겨놓았던 다섯 개의
줄을 타고, 매표소 각 장(章)들이 넘겨놓는 희고 검은 머리들의 노
래를 쓸어 담아, 신의 광대한 무대 위에 심포니로 상연할 때가 올
것인가?

여전히 머릿속에서는 떠올랐다가도 꺼내놓지 못한 꿈들이, 꿈속
에서는 사산(死産)하고 말았던 수많은 밤의 시간들이, 점멸하는

성냥
개비

악상 기호가 되었다가도 이내 이빨을 드러내고 하얗게 펄럭이면

서 피아노 건반 위를 노크하고는 그저 운명(殞命)하고야 마는데...

철커덩, 철커덩

터널을 지나는 긴 호흡의

페르마타와 데크레셴도를 지나

피아니시모로 시작되었던 처음의 여정은

이제 끝날 때가 되니 포르테의 언덕을 내려와

객석에 몸을 기대앉은 관객들에게 악수를 청한다

기차는 그렇게 몸을 한 번 비틀고는

힘차게 울며 역에 들어와

미완성으로 남아 있는 울림의 여운들을

빠짐없이 찾아서 내려가라고 재촉을 해댄다.

___

부부

사람과 사람이

사랑 그 하나만으로 얽혀

평생을 거울 바라보듯 바라보며

모습이 닮아가며 살 수 있을까?

실과 실이 얽히고 얽매어지면

한 끗의 두루마리 비단이 되어지고

그게 헤어지고 닳아질지언정

쉽게 찢어낼 수는 없는 것처럼

머리를 올리고 내 앞에 앉았던 그대가

훤칠한 어깨를 접고 이마에 입 맞추던 그대가

세월이 흘러 모든 방식이 구식이 되고

촌스럽고 멋쩍은 표정으로 슬그머니 손을 맞잡아도

여전히 그대는 내 심장을 두근거리게 하는 사람

여전히 그대는 내 스커트에, 양복저고리에 조금은 남아 있는 주름

처럼

내 눈앞에 여전히 성가신 사람

세상의 누구는 그저 잠시 사랑했을 뿐

그 나머지는 정들어 살 뿐이라고 한다면

모르는 소리 하지 말라고,

그대가 있어 고맙고 그대가 있어 줘서 더 좋은

우리네 부부란, 씨실이 지난 길에 날실이 배겨

올올이 겹겹이 수줍은 사랑이 틀어 앉아버린

인연을 운명이란 끈으로 엮어가는 사람들

엄마

아가야, 너의 작고 검은 눈동자

내 우주의 전부, 내가 살고 있는 밤하늘의 별.

네가 알아듣지 못하는 말로

나는 네게 이야기하고

너는 얼마나 세월이 지나야

이 엄마의 마음을 이해할지 모르지만

그래도, 엄마는 엄마에게 말하지 못했던 그 말.

네가 엄마가 되면 그때에는 네 딸에게 말해다오.

사랑하는 만큼 지켜주지 못해서 미안하다는 말 대신,

사랑하고 또 사랑하는 내 딸들이,

네 영혼을 어디 가나 지켜주기를 바란다고...

엄마는 활이 화살을 놓아야 하듯이

너를 품에서 결국 놓아야만 하지만,

너는 엄마의 몫만큼 더 힘차게 날아가기를 기도한다고...

엄마의 엄마에게서,

엄마는 얼마나 그 말들을 듣고 싶었는지,

네 할머니는 알지 못했단다.

성냥
개비

미안하다는 말보다, 사랑한다는 말을

더 많이 듣고 싶었음을,

그 미안하다는 말을 들을 때마다,

얼마나 이 엄마가 미안했던 것인지...

지켜주지 못하는 것 따위 상관없으니,

다시 돌아오면 한 번만이라도 더

미안하다는 말 대신 사랑한다고 말해주세요...

엄마...

낙태아의 편지

난 이제 생겨난 지 12주 되었어요

하지만 손도 있고 발도 있고 맥박도 뛰어요

들어보세요, 힘찬 고동 소리가

작고 희미하지만 분명하게 '난 살아있어요'

엄마 뱃속에서 하루 종일

탯줄을 가지고 놀기도 하고

양수에서 재밌게 수영도 할 수 있죠

세상에 태어나면 난 더 재밌게 놀 거에요

엄마 얼굴 물론 보고 싶어요

자궁 속에서도 엄마 한숨 소리 들을 수 있어요

하지만 엄마는 제가 보고 싶지 않은가 봐요

난 정말 나쁜 아이죠?

한순간의 잘못된 만남으로

실수로 생겨나서

아직 어린 엄마에게 부담스러운 짐이 되고

성냥

개비

하지만 나, 세상에 태어나면 안 되나요?

원하지 않는 아이,
불행과 상처만 안겨줄 아가라 해도
엄마 품에 안겨보고 싶어요

내 생명은 누구의 것이었죠?
의사는 마치 나를 불필요한 맹장처럼,
엄마 몸에서 그냥 떼어낼 건가요
엄마 뱃속에서 산산조각이 나서
그렇게 한 번 울어보지도 못하고
가위질을 피하는 나를 모질게 끊어내야 했군요

용서할게요, 엄마의 선택을
엄마는 힘겨웠던 거죠, 아직 남은 세상에서
아가에게 불행한 세상을 보여주기가
어린 엄마는 두려웠던 거죠, 험한 운명을 감당하고
날 대면하기가....

엄마가 아직 더 살아가야 할 세상에서 용기를 갖길 원해요

날 위해서 잠깐이나마라도
눈물을 흘려 울어주었다면

난 그 슬픈 눈물이 될게요

엄마의 슬픈 눈에서 땅에 떨어져 내린

낙엽 같은 생명이라 생각하죠

날갯짓 한 번 못해보고 떠나간 어린 새들도 하나님은

천사로 받아주실지 모르겠네요

그렇게 된다면 엄마 곁에서 수호천사가 되어 지켜줄게요

엄마가 더이상 불행하지 않게

나 같은 동생이 또 한 번 생겨나지 않게 말이죠.

마지막으로 묻고 싶어요

사랑 한 번 받지 못했지만,

난 얼마나 엄마를 닮았을까요?

성냥
개비

연극 '미롱'을 보고

꽃 같은 추임새
풀어지는 매무새
춤사위 한 사위
노세놀세 날아보세

바람도 숨도
끊어지고 멈추듯
이어질 듯 닿을 듯
한 잎 꽃 한 잎
치맛자락에 받아놓아
설움에 북돋우어지는
어둠 속에 손짓 눈짓
아스라한 몸짓이여

살아가다 잊고 살아도
너와 나는 봄의 한순간에
찬연히 어우러지는 봄꽃 무리일세

우리가 사랑할 수 있을까?

불꽃이 아련하고 아스라하게 춤추며

여름날의 하늘을 연기 속에 날개 달고 날아간다

사람들은 내가 아닌 이의 고통에는 무관심하게

흘러가고, 여름날의 시간은 그렇게 간다

삶을 아무리 오래 살아간다고 해도 희망이 우리 눈앞에 나타나는

것도 아니겠으나

그래도 우리 매일을 희망하며 살자

가장 아름답다고 할 우리의 인생 이야기는

서로의 품에서 따스한 온기를 느꼈던 그 시간,

서로가 서로를 안타까워하면서도, 애잔하고 애처롭게

우리 서로 그리워했던 시간,

사랑은 이루어지는 것도, 삶에 완성되어지는 것도 아니되

다만 그대가 읽고 있는 이 시구처럼,

당신의 눈앞에, 한 사람의 가슴과 영혼에서

아로새겨져 불타올랐던 그 이야기가, 불꽃처럼

춤추고 사그라질 때

성냥

개비

인생은 비로소 사랑이라는 서로를 이해하고,

이해하기 위한, 사랑함으로 뜨겁게 움직일 수 있는

덧없고 짧을지 몰라도 단 한 번이라도 뜨거워 보지 못한,

한평생의 시간보다 가장 행복한 시간

사랑하라

사랑하라

가슴과 가슴을 열고

말하지 않아도 들리는 음성으로

그대 사랑이라는 열병에 걸려

신열을 앓으면서도

뜨거운 가슴 부싯돌처럼

부비면서

사랑하라

사랑의 고통에 몸부림치며

손톱 끝에 파고드는 가시 같은

아픔을 느낄지라도

그 느끼는 것을

그 느끼는 자리에서

있는 그대로

사랑하라

사랑함이 그대를 부끄럽게 하지 않으며

사랑함이 그대를 두려움 없게 하며

이야기하고 노래하며

영원히 그대 삶 속에 깃들어

그대를 움직이는 힘이 되리니

성냥
개비

사랑하라

보름달

너의 어린 얼굴에

미소를 그려 넣고 싶으면

초승달을 따다가 얼굴에 담아줄까?

그믐달을 따다가 얼굴에 담아줄까?

아니 아니 보름달 함지박만한

달덩이 같은

엄마가 와서 한 번 안아주면

달 없는 그믐날도 온천지에 웃음보가 터져 환할 것 같아

성냥
개비

가을비

가을비 하얗게 내리는 게,
마치 할머니 머리 빗으면 떨어졌던 머리카락 같아

"할머니, 할머니는 울 엄마 첨 봤을 때가 좋았어? 아님, 나 처음
봤을 때가 좋았어?"
"이 녀석아, 네 엄마는 내가 아팠던 만큼 좋았고 너는 네 엄마를
아프게 한 게 미웠던 만큼 좋았어."

가을비 낙엽 사이로 속살거리는데,
엄마와 마주 앉아 할머니 얘기를 하다가 아무리 해도 떠오르지 않
는 그 얼굴에
속절없이 멈춰버린 그 어느 순간의 모습 앞에
아픈 울 엄마, 그냥 계속 따뜻하다고 한 번만 더 안아 보고 싶다

별빛

창호지에 손끝으로
성가신 사람들이 침을 발라 문풍지를 뚫었던
그 밤바다의 불빛이
호롱불 앞에 그림자로 아롱지던 첫날밤,

새색시는 여전히 족두리 쓰고 연지곤지 찍은 채로 앉았구나
바람에 미동마저 없이 산등성이 먼 동네 친정집에서는 그렇게도
잘 보이더니
손을 들어 헤아리다가 어느새 깜박 눈을 끔벅인 사이
서산 끝에는 이제 댕기 머리까지 풀어헤치고
너는 하얗게 밝아오는 이불을 머리끝까지 덮어썼구나
산등성이에 하얀 눈이 고깔처럼 둘러쳐져 있구나?

아무것도 모르는 것처럼,
저 별빛은 외양간에 송아지 눈빛처럼
서서 눈동자만 희번득 끔벅끔벅하고 있다.

너는 그만 보고 말았니?
옷고름에 놓여져 있던 노리개가 어둠의 치맛자락 주름을 타고 흘
러내리던걸

성냥
개비

너는 보았니?

구슬처럼 고운 눈물 한 방울, 머리맡의 하늘에서 그만 흘러 꽃에

구르는 이슬이 되던 것을

어여쁜 내 사랑아

비 오고 비 그쳐도
어여쁜 내 사랑아
날이 궂고 흐려도
변함없는 내 사랑아
해가 보이지 않아도
내 맘에 선명한 사람아

날이 춥고 꽃이 져도
마당에 뜨락에
그대 앉았던 자리
변함없어라

평상 한 편에 앉았던
꽃보다 더 꽃다운
가을꽃의 한 자리
시들어 꽃대만 남았어도
내 눈에 깃든 향기
그대 향한 그리움에
다시 피어 일어서누나

눈 오고 눈 그쳐도

곱디고운 내 사랑아

흰서리 내려앉아도

변함없는 내 사랑아

눈가에 흐릿흐릿 뵈어도

가슴에 더 선명한 내 사람아

눈이 내리는 밤

수천수만의 별의 가루가 춤을 춘다.

견디기 힘든 겨울의 정점에서, 그 길고 어두운 외로움과 추위 속에서, 나는 별빛도 덮는 어둠 속에 빛빛이 닿아 부서지고 깨어진 은빛의 촛불 무리를 본다.

언젠가 그 온몸으로 뒤척이는 호숫가, 은어떼가 출렁이는 은색의 비늘들처럼
작은 한숨에도 가녀린 몸, 민들레 풀씨처럼 부서져 날아가 버릴 너의 작은 영혼이, 내 손바닥 안으로 떨어져 눈물이 되는 것을 본다.

어둠이 개이는 한쪽 부분에서
너는 소금처럼 어둠 속으로 날아들어 하얗게 땅에 스며든다.

성냥
개비

바람꽃의 눈

바람이 어디에선가 피었다가 지는 것 같아

꽃에도 영혼이 스미어 있을까?

눈은 갈기갈기 찢어버린 종잇조각 같아

바람결에 너는 머리카락을 빗어 넘겼을까?

꽃에게서 너의 향기가 난다.

눈이 녹으면 그 속에 배어 있던 글들은 다 어디로 가는 것일까?

바람은 천사들의 날갯짓을 희석시켜 놓고

꽃을 이리저리 몰아 봄날을 박제시키는데

눈물이 눈에서는 견딜 수 없이 아파 쏟아져 나온다

바람이 어디에선가 지고 또 피는 것 같아

꽃이 죽어버린 나무에게선

하얗게 생명이 다한 천사들의 찢겨진 날개가 눈과 함께 녹아내리고 있어

내 영혼을 이곳에다가 꽃처럼 찢어놓으면

내 머릿속에 요동치던 바람 같은 생각들을

당신의 눈 속에 소금처럼 스며들게 할 수 있을까?

― 봄

기지개를 켜고 하품을 늘어지게 하는 너에게, 나는 묻는다. 도대체 어디에 있었느냐고, 어디를 다녀왔느냐고.

바람은 아직 빈 골목 귀퉁이마다 차가운 이마를 스치는데, 햇살은 손바닥만한 마당 위를 솜털처럼 쓰다듬는다.

언제 오느냐고 보채다 칭얼거리며 잠이 든 아이에게, 문득 선잠을 깨어 하늘을 보면 보름달처럼 빤히 고개 내밀어 내려다보는 엄마처럼.

너는 그렇게도 다정하고, 너는 그렇게도 따사롭다.

아무 말도 하지 말자. 고개만 끄덕이고 있자. 토라졌더라도 이내, 그냥 말없이 품에 안겨 힘차게 가슴 뛰는 소리를 들을 수 있다면. 고달팠던 너의 가슴에 애잔하던 나의 가슴에 그 심장 소리가 이젠 아프지 않게 들려오면.

어느 모퉁이선 이미 봄이 와 있는 게다.
몰래 담장 건너로 서 있다가, 대문으로는 절대 들어오지 않고, 노랗게 가로등 서 있는 밤하늘에 별도 졸릴 만큼 꿈을 꾸고 있으면.

성냥
개비

손꼽으며 기다리면 절대 오지 않고 잊은 양, 막 살아가고 있다가

가만 가만히 보면,

어느새 너는 발치에 이만큼 와서 서 있고, 꽃 보따리, 하냥 기쁘고

밝고 어여쁜 미소로,

너는 내 앞에 와서 서 있다.

꽃이 있었던 자리마다

꽃이 있었던 자리마다

사랑했던 기억들뿐이다

바람을 모질다 하지 말자

서럽게 돌아섰던 그 자리마다

봄이 있었다

봄은 오는 것처럼 간다

아무런 예고도 없이

아무런 통보도 없이

이별은 선언되었고

사랑은 이미 와 있었는데

더 사랑할 시간을 주지 않는다

헤어짐의 자리마다 꽃이 부서져

부서져 한참을 날아 불타버린 재가 되었다

성냥
개비

사랑은 늘 옳더라

나무는 꽃을 놓았으나
꽃은 나무를 놓은 적 없으며
강물은 강을 떠났으나
강은 강물을 보낸 적 없어라
내 사랑하는 이는 사랑을 지웠으나
내 가슴에서는 그 사람을 지운 적 없어라
그리움은 떠난 그 사람을 그리워하며
설레임은 아직 그 사람을 그리고 있구나

미련이라 하지 말자
사랑이 어디 미련뿐이랴
미련하다 하지 말자
내 사랑은 언제나 나에게 옳았다

틀린 것은 사랑했기 때문이 아니라
다른 것을 서로 사랑했기 때문이다

너와 나는 다르다
사랑도 같을 거라 생각하지 말자
나와 너는 다르다

살아가는 방법도 같을 거라 생각치 말자

나무는 꽃의 무게를 감당할 수 없었으며

강은 강물의 넘치는 눈물을 참을 수 없었다

꽃은 나무에게 꽃이 될 수 없었고

강은 강물에게 강이 될 수 없었다

내 사랑하는 이는 사랑을 지웠으나

나는 사랑하는 이를 사랑한다 썼다

그리움은 여전히 그 사람에게 흘러간다

설레임은 여전히 그 사람으로 피어난다

성냥
개비

행복

가슴에 머리를 비비며

파고드는 네가 있었다

머리가 검은 짐승은

신뢰하는 게 아니라면서도

가슴은 믿으라고 있는 게 아니라

사랑으로 품어주기 위해 있는거라고

그렇게 머리보다 가슴에 먼저

외로움에 텅 빈 가슴에 먼저

슬픔으로 묵직한 네가 들어오던

날이 있었다

생각을 하지 말자

생각하면 근심뿐이다

앞날을 생각하지 말자

앞날은 절망뿐이다

지금 우리가 서 있는 곳은

손을 맞잡은 순간의 두근거림

설레임이 아프도록 푸르게 뛰는

절벽 위 벼랑 끝의

푸르고 푸른 망망대해 수평선 위

앞으로 나아가는 건
언제나 두려웠지만
바다는 계속 이어지더라
산도 끝없이 솟아나더라
우리네 삶도 계속되더라

너는 내게 두려움으로 왔으나
혹시나 하는 염려의 마음이었을 뿐
함께 살아가는 건 아무것도 다를 것이 없었다
살아가다 보면 살아지는 것이지
살려고 해서 살았던 적은 없었던 것 같다
절망이 등 뒤에서 칼질하며 달려와도
심장은 멍청하게도 모질어 멈추지 않았고
결국 절망보다 혼자인 게 더 두렵더구나

온전하지 못한 입술에
밥을 한 숟갈 떠먹여 주고
아프게 산발한 머리카락을 곱게 빗겨주마
아픔에 아픔을 더하면 눈두덩이 적시는
네가 내 눈앞에 있었다
천덕꾸러기 못 하나 어쩌다 가슴에 박혀
죽는 날까지 너는 내 심장에 더 파고들겠구나
나는 내 손의 힘만 의지해서 살 줄 알았는데

성냥
개비

이제는 네가 있어 너를 꼭 쥐고 살아야겠구나

품 안에 멍울지는 핏덩이
정주고 보듬어도 떠나갈 내 새끼보다
결국 손안에 남았던 건 못난 반 쪼가리
몹쓸 비루한 생명이라고 때렸어도
되돌아와서 웅크리고 앉아 올려다보는 건
천치 같은 너뿐이구나, 내 사랑아...
모질게 입을 꾹 다물고 꿋꿋이 살아왔는데
여리고 문드러진 떼투성이 정든 네 가슴이
머리로는 아니라 하던 생각들을 내려놓게 한다
언젠가 헤어질 날에 미어질 내 가슴을 생각하면,

이해할 수 없는 감정에 북받치는 이 가슴,
너를 한 번 더 안아 올리지 않고는 배길 수 없게 한다

── 도약

일어서고 멈추고 쓰러졌다가 수없이 구르고 돌아서며 머뭇거리고 팔을 뻗었다가 거두었다가 되짚어 넣고 발을 디뎠다가도 엄지발가락 위에 서서 왼편으로 돌고 다시 일어섰다가 앉았다가 튕겨져 도약하고 다시 발뒤꿈치에 힘을 실어 발을 구르고 원을 그리며 그림자 속에 몸을 웅크렸다가 뒷발을 차고 머리를 흔들고 어깨를 낮추며 점점 작아졌다가 무릎을 털고 발목에 힘을 다시 두 발을 모았다가 까치발로 서고 팔을 접어 팔꿈치로 그러모으면서 작은 원을 네모지게 나누어가며 무릎을 잡고 잡았던 손을 놓으면서 종아리에 올려놓고 엉덩이를 삐죽 내밀고 정수리를 사타구니에 집어넣었다가 팽그르르 깍지를 풀면서 왼편으로 돌아눕고 손바닥을 펼쳤다가 움켜쥐었다가 주먹을 돌리면서 다시 펴고 오른손 무명지가 왼손 새끼손가락에 뺨에 그으면서 목 뒤에 있는 툭 튀어나온 뼈를 만지면서 갈비뼈를 훑고 복숭아뼈까지 내리뻗는다

살아 움직이는 단 한 번의 기회란 위대하다

화장터의 향기

죽은 사람의 몸을 태우면 무슨 냄새가 나는지 아나?
살타는 냄새, 뼈 짓이기는 냄새, 오장육부가 그의 가슴에서 끊어
지고
매듭매듭 인연이 갈라지는 역겨운 냄새

그래 그리 불사르면 아무 냄새도 없을 줄 알았지?
미련 남기지 말고, 썩는 냄새 풍기지 말고,
불타 죽어 죽으라고 아예 가련다고

불더미에 한 줌
재가 되어있는 그 사람
엊그제 입고 벗어놓았던 옷가지마냥

안고 또 안았던 그 사람의
냄새가 연기 속에 담겨
코끝에 찌르는데

향단지에 꽂아둔 향이
그래서 녹색의 심지를 타고
사르륵 먼지로 부서지고

삼베옷가지 새끼로 묶고 숯칠을 해도

무엇하나 내 몸에 당신 닿았던 체취는
내 삶을 같이 죽는다 하지 못하면

당신은 아직
아공간에 떠 있는 정분(情粉)이야,

내 살라 먹지 못할 숨 쉬는 세상에
연소되지 못한 죽음아, 사랑아!
보이고 들리고 만져지지 않는다 하여
내게 남은 너의 분량을 지웠겠느냐

그게 사랑타 못한 나의 한인가 하여
너의 살 내음 내 한숨 속에 섞이누나

* 정분(情粉): 뜻 情 가루 粉

성냥
개비

불꽃의 날개

모든 불붙어 가는 것들은 잔인하게

잔인하게도 아름답도다

아름다우니 파괴되어지는 것이 당연하다고 생각하는 사람들에게

경종을 울려다오. 그 머리 위로

어둠 속에 팔을 뻗어

나 자신에게로 돌아오는 과정

어깨 위로 불이 붙어

허공으로 치솟는다

밤새 나를 주장하던 것은 열정인가, 욕망인가?

방향을 수정하고 뒤집어서 돌아선다.

지혜란 무엇인가? 무엇을 아는 것에서부터 지혜는 시작되는가?

사랑이란 무엇인가? 내 안에서부디 영혼으로 영원히 사귈 수 있

을 것인가?

우리는 베실을 뽑아내어 천을 짜고 밤하늘에 별을 수놓듯이 우리

의 머릿속에 있는 어둠으로부터

너를 끄집어내고, 글을 쓴다

보이지 않는 것에 대한 두려움에서부터

글을 쓴다. 고개를 내밀고

알고자 하는 이들은 알겠지만 알고자 하는 사람이 없다

신을 알고자 하는 사람들이 결국 신을 믿을 수 있을 것이다

잔인하게도 운명은 사랑보다 강하지만 사랑은 운명을 이길 수 있을 것이다

유성이 지는 언덕에서 별 끝의 머리를 찾아 고개를 든다

헤아리던 손끝에서부터 잠이 들고 꿈이 찾아오면

그곳에서 우리는 영감을 얻을 수 있을 것인가? 왜 우리는 술에 취해서라도 현실이라는 옷을 벗으려고만 하는가?

짜르르 온몸을 휘감는 그 고통에서 우리는 알게 될 것이다. 그 무엇도 가격을 지불하지 않고는 가치를 얻을 수 없음을.

사랑한다. 말하지 않으면 모를 그 사랑을, 알지 못했다면 사랑하기 위해 이렇게까지 살지는 않았으리라.

모든 의식으로부터 무의식까지, 의식하지 못하던 것들로부터 의식하고 있던 것에 이르기까지

단어들을 배열하고 검토한다.

불꽃이 날개를 단다.

훨훨, 어둠 속의 운명에게 횃불을 건네고 돌아눕는다.

프로메테우스는 아직도 간을 내어주고 있을까?

가슴에서 불이 솟는다. 가슴이 찢기워진 프로메테우스가 되어 그 하늘에 오르고 싶다.

성냥
——————
개비

시간의 소리

-지호에게

잘 들어봐

너에게 가는 소리

사르락 사르락 첫눈 내려 쌓이는 소리

조그맣고 희미하게 들릴 듯 말듯

심장이 도곤대는 소리

천사가 날개를 접고 내쉬는 한숨 소리

그 투명한 영혼은 과연 살아 있는 것일까?

엄마 뱃속에서 아가가 양수를 헤치는 소리

발로 차며 볼록거리는 소리

생명이 태어날 준비를 하는 소리

하품하며 기지개를 켜는 소리

꽃이 피어나려고 봉오리가 떨리는 소리

병아리가 알을 깨고 나오는 소리

네가 나에게 오는 소리

하얗게 갈대숲 사이를 헤치고

햇살처럼 밝게 웃음 짓는 소리

정답게 어깨를 기대고 쌔근쌔근 잠든 소리

천사가 내 어깨에 내려앉는 소리

그대는 정말 내 곁에 실재하는 것일까?

믿기지 않을 만큼 아름다웠던

첫눈이 스르륵 스르륵 녹아내리는 소리

아직 눈을 뜨지 못한 아가가

햇살에 눈이 부셔 실눈을 뜨는 소리

자그마한 핑크색 주먹을 앵하고 쥐는 소리

살그머니 발을 뻗어 제 영역을 확인하는 소리

엄마의 품에 안겨 힘차게 젖을 빠는 소리

쥘 수 있는 만큼 볼 수 있는 만큼 엄마를 확인하고

행복에 겨워 포근하게 잠이 드는 소리

모든 불가능했던 것을 가능케 하는 소리

모든 불행을 행복 하나로 뒤집어 놓는 소리

하늘이 다 무너지고 억장이 무너져도

네가 내 안에서 날개를 다는 소리

살아갈 희망을 다잡고 힘차게 다시 일어서는 소리

살아갈 만큼 살 수 없을 만큼

내 영혼과 생명이 뜨거운 열정의 온기로

조그맣게 아주 조그맣게 시작되는 소리

네가 내 곁에 처음 다가와 뻗어 주었던

내가 네 곁에 살아야 할 이유를 알게 해 주었던

들어봐 모든 이유에는 소리가 있어

말하지 않아도 들리는 소리

아팠던 너와 내 영혼이 이렇게 함께 서 있는 순간

성냥
개비

세상의 모든 시계가 거꾸로 돌아가는 소리

― 손톱

심장에서 손끝까지 살을 밀어내고 나오는
내 안의 딱딱한 것

내가 널 밀어내면 그렇게 될까?
잊으려는 것은 절대 잊혀지지 않고
살을 덮은 그 위에 아무렇지도 않게

시간이 고여 길게 하얀 혀를 내밀고 있다

달처럼 추한 것
어둠 속에 달을 지우다 지우다
문드러진 자국처럼 찍혀있는 것

잘라내고 조각조각 끊어내어도
이 손톱 밑에는 너무 여리고 힘없는
내가, 다섯 마리의 다섯, 내가
숨겨지지 않는 한 손가락 아래 웅크리고
여린 가슴을 애써 움켜쥐고만 있다

눈 오는 날의 이야기

눈은 눈물을 지워버린다

찬 서리 내린 할아버지 머리에 이고 있는 세월도

눈은 아무런 무게가 없어서

처마 끝 지붕 위에서 장독대까지 저만의 세상을 만든다

눈은 아무것도 가져오지 않아서

아이들의 주먹에 북실북실 눈덩이를 쥐여주고

눈은 모든 것 위에 내려앉지만

토실토실한 토끼들도 코를 실룩거리며 하늘을 보게 한다

눈은 모든 것 위에 하얀 홑이불을 덮어주고

잘했다고, 아주 잘 견뎌왔다고 칭찬해준다

그래, 눈은 그냥 덮어두라 한다

그까짓 거 대수롭지 않다고 한다

코가 맵도록 울었던 시간도

하얗게 덮어버려서 찾을 수가 없다

모두가 할아버지가 되어 허허 웃어버리고

모두가 강아지가 되어 하얀 털옷 입고 깡총깡총 뛰어다닌다

반쯤 묻어두었던 장독 속에서는 깍두기가 시큼하게 익어가고

있을 텐데

이렇게 덮어버려서는 찾을 수도 없다

배고픔도 잊어버리라고 너풀너풀 날아와 손짓한다

아이들은 감자 한 덩이도 못 먹었는데 눈을 뭉쳐 먹으며 설탕 맛이라고 한다

한껏 견뎌왔던 삶을 무겁다고 더는 헤치고 못 나가겠다고 했는데

어깨를 툭툭 털며 일어나라고 한다

모든 것 위에 있지만 모든 것 아래에 있어 주는 눈은,

그렇게 세상의 모든 생명들을 차가운 손으로 어루만져주고 안아주고 다독거려준다

가장 약하디약한 생명보다도

바라보면 눈물같이 부질없는 너는,

하늘 가신 엄마가 그러모아 머리 위에 뿌려주셨던 봄날의 꽃비 같다

여린 가지를 털면 우수수 바람에 날던 꽃잎의 이파리들 같다

하늘가면 천사가 되어 다시 돌아와 주마, 하고 거짓말해놓고 그냥 날아가 버렸던

그 돌아올 수 없는 시간의 멀고 먼 하늘에서

쓸모없어진 날개를 털어 온 사방에 깃털을 던져준다

그냥 한 번만 다시 와서, 품에 단 한 번만이라도 안아주면

추운 것도 볼이 얼어붙는 것도 손이 곱아드는 것도

하냥 다 잊어버리고 달려가서 엄마 엄마하고 사정없이 안길 텐데

눈은 그리움도 살아가면 사랑이나 매한가지라고

여기 있으라고 한다

성냥
개비

차디찬 땅에서 잠들어 자고 있으면 얼어붙을까 봐

솜이불 깔아 놓아주고 한숨 자고 일어나면

창밖이 온통 환하게 밝아오는

온 천지 사방 천국 같은 빛으로 반짝거릴 테니

잠시만 더 살라고 한다

잘 살라고 한다

아프지 말라고

하늘에서 소리 없는 이야기를 그렇게 속삭여준다

── 추위

추위는 결국 절대로 익숙해지지 않는 고통이다

바알갛게 달구어져 가는 난로의 몸통 위에
딱딱하게 고드름처럼 굳어진 뼈마디를 부수어 늘어놓고 싶다
손바닥만 겨우 적시는 5촉짜리 전구의 따스함 앞에서
방바닥에 젖은 빨래를 널듯이 몸을 뒤집어가며 구워본다

공기가 조금 훈훈해지면 장갑을 벗고
머플러를 벗고 점퍼를 벗다가도 다시 입는다

밖에 나가서 문을 닫고 와야만 하는데
냉장고 문을 열고 얼린 동태를 꺼내는 것처럼
아직 얼어있는 새벽이 무겁게만 느껴진다

추위를 느낀다는 건 결국 발가벗고 세상에 처음 던져졌던 그 고통
의 기억이다

성냥
──
개비

봄이니까

꽃이 피어야만 하니까 봄인 거다

봄이니까 당연히 꽃이 피는 것이 아니고

꽃이 계절을 선택하여 필 수 있는 것도 아니고

꽃이 피어야만 할 때가 꼭 지금, 봄이어야 했기에

봄은 그렇게 꽃으로 피어 사면 지경에 무성한 거다

왜 하필 긴긴 겨울 지나고

조금 더 일찍 지금이 봄은 아니고

왜 하필 그 너무도 짧은 시간

조금 더 늦게 더운 여름이 아니냐고

묻지는 말자. 택한 모든 생명에는 다 그런 이유가

다 시작되고 끝나고 태어나고 죽는 기한이 수명이

정하여져 있음을. 때가 될 때까지는

그 무엇도 끝없는 기다림의 반복인 것을

때가 되어 지금이 봄인 거다

기다림도 봄이었기에 괜찮다

봄이니까 다 괜찮다

이제 태어나도 괜찮고

사랑해도 괜찮다

아프고 서글펐던 시간은 이제 여기에 없다
봄이니까 온 세상에 꽃으로 환하다
이제 웃을 때가 되었다

신이 잠시 산과 들에 꽃으로 점을 찍던
붓을 멈추어 너를 보았다

너의 얼굴에도 꽃그림자로
함박 미소를 그려 넣었다
아팠던 것 하나도 기억나지 않게
꽃으로만 환하게 살아갈 수 있도록
모든 꽃이 피고 지는 길목 어귀에
눈물이란 눈물은 다 녹아서
진흙투성이 엉망이 된 얼굴로
꽃을 함박 묻히고 그 거리에 네가
꽃나무 한 그루로 서 있었다

양파

빨간 망태에 담겨
여덟 개의 둥그런 얼굴
주황의 껍질을
밑털의 수염과 함께
머리에서부터 벗겨내면

삼백예순다섯날
너를 벗겨내며 울고
그 날의 그 한순간
너의 희고 그 투명한 몸을
썰어내며 나는 운다

겹겹이 테두리를 두른
너를 어슷하게 썰고
모둠지게 썰어 보아도
너는 언제나 원형의 테두리
안쪽에는 그 어떤 심지도 없고
바깥에는 얇은 껍질의 겉옷도
겹겹이 종이처럼 바스락거릴 뿐이다

너에게 나는 언제나 눈물뿐이었고

나에게 너는 언제나 매운 눈물 그 이상도 아니었다

성냥
개비

단풍

가을이 되면
나무는
제 몸속에 있던
모든 색소가 빠져나가는 것을 느낀다

제 몸에 스스로 불을 붙이고는
고요히 엄숙하게
하늘을 향해 선다

한 해 동안
신 앞에 섰었던 모든 시간에
진실과 전심으로 사랑했었는데
이제 긍지만이 더 높아 푸르러져 가는
자신이 사랑했던 하늘을 향해 선다

그 하늘이 제 머리끝에서
한없이 멀어져 가는 것을
더는 주체할 수가 없어
비틀거리면서 그는
제 몸을 빠져나가는

붉은 색소들을 뚝 뚝 흘려놓는다

제 몸을 부수고 달아나는
낙엽의 화염 속에서
나무는 마지막으로 무엇을 느끼는 것일까?
절망을 선택하고 싶지 않아
몸부림을 치며

나무가 그토록 사랑했던 세상 속에
사계의 초록이 붉은 피로
그를 이탈해 나간다

성냥
개비

바람의 주소

방금 그가 다녀갔던 자리에
벗어놓은 낙엽들이 외투처럼 펄럭거린다
그의 걸음은 언제나 확고하고 움직임은 비상하리만큼 단호했다
하지만 그는 나에 대해선 언제나 한결같은 장난꾸러기이며
천진난만하기 이를 데 없는 개구쟁이였다

가끔 심심했던 그는 길가에 구르는 먼지 사이를 달려가다 우 -
쓸어가기도 하고
비 오는 골목 어귀에서 자취를 감추었다가 뒤에서 나타나 우산을
밀어내며 깔깔거리고 앞서 달려가기도 했다
모든 깃발은 그의 좋은 장난감이었다
그가 깃들어 머리에서부터 목덜미까지 그 천을 두르고 달고
그 끄트머리를 쥐고 하늘에 올랐다 땅에 솟았다 했다
여름이면 문틈으로 어느새 들어와서 벽을 타고 머리카락을 쓰다
듬다가
창문을 열면 어느새 저만치 먼 곳에서 밥 짓는 굴뚝의 연기 틈새
에서 하얗게 이빨을 드러내놓고 웃고 있었다

그는 규정할 수 없는 만큼 그냥 살았고 이유가 없는 만큼 강했다

그가 머물렀던 자리에는

언제나 그가 신었던 신발들과 양말들이 어지럽게 널려있었다

어지러운 폭풍 끝에서도 그는 감정에 휩싸인 채로 살아가고

생각하지 않는 그대로 움직이며 움직이는 그대로 남기지 않고 살았다

그가 살아갔던 자리마다 그를 수습하는 건 언제나 남은 우리네 몫이었다

때론 칼날처럼 매섭게 밥상을 치며 노하기도 했던 그가 우리 곁을 살다가 갔다

때론 봄날의 고양이 숨결보다도 더 간드러지게 꽃 이파리를 끄덕이며 춤추며 살았던 그가 우리 곁을 지나갔다

편지 한 장 끝에 목숨을 태우며 불꽃의 혀를 살라 먹던 불똥이 날아간 그곳이

아마 그가 머무는 다음의 주소가 되지 않았을까?

구름이 무거워 차마 넘지 못하고 눈물에 젖은 고개의 산언저리 안개 속에 맴돌던 보랏빛 풍란이 그가 남겨놓은 기별은 아닐까?

이젠 그럴 수 없는 나도, 가끔은 발 없는 그리움을 좇아

아무 곳에나 머물러도 좋고 머무르지 않아도 좋은

당신처럼 그렇게 살고 싶다

성냥
개비

신호

쓰여지고 싶은 대로 쓰여지고

그려지고 싶은 대로 그려지면

삼만팔천오백번의 움직임

활자 위에 올려지고 펜선 위에 놓여지면

글씨가 되고 글이 되고 말이 되고

해석이 되고 뜻이 되고 마음이 되어

피부에 소름이 돋고 신경에 마비되고 혈관이 팽창할 때

심장이 뛰고 가슴이 뛰고 머리가 울려

영혼까지 혼미해지는

사랑하고 싶은 대로 사랑하고

잠들고 싶은 대로 잠들고

일어나고 싶은 대로 일어나고

먹고 싶은 대로 먹고

움직이고 싶은 대로 움직이는

그 바람의 모든 움직임에 굴레가 어디 있으랴

물의 흐름에 높낮이는 있어도

흘러넘치는 감정은 담아둘 곳이 없어라

갈래갈래 제멋대로 흐르다가 흐름을 이루어

닿는 곳에 부대끼고 부대끼는 곳에 여울지고

여울지는 곳에 울렁이고 울렁이는 곳에 물결치고

치고 빠지고 들이고 빠지고 들였다가 내보냈다가

단 한 번 닻을 내려디디는 곳이

긴 항해 끝에 숨차게 머무르는 곳이 되리라

씨앗이 뿌리가 되어 풀뿌리 내리는 그곳이

뼈와 살과 신경과 조직이 연결되어진 인간 사회 속

얇디얇은 종이 한 장에 아로새겨진 그

생명체의 역사 속에서 살아 내게 전해지는 신호들이여

성냥
개비

도자기, 아픈 불꽃을 안고 꽃으로 피다

떨리는 손으로 너의 그 흙 묻은 얼굴을 만져보자꾸나.

분청토, 동영토, 옹기토, 백자토, 지점토.

찰흙을 지리고 밟아 물을 묻히고 어린 가슴 어르고 달래어

할매의 젖가슴처럼 보드라운 살결이 되기까지,

주무르고 주물러서 자꾸만 여려지고 뭉개지는 마음가짐,

추스르고 일으켜 세워서 가마의 불꽃 사이로 넣기까지,

그리고 결국엔 금이 간 너의 얼굴을 다시 마주하기까지

나는 얼마나 시리고 매운 연기 속에 앉아 가슴 졸이며 울어야 했

던가?

얼마나 불꽃의 매서움 속에서 노엽던 불꽃이 하얀 재로

흰 서리, 머리카락 속에 서리서리 내려앉기까지.

아궁이에 쪼그려 앉아 밥을 짓던 울 엄니 얼굴처럼 결국엔 쪼그라

든 입술이,

쪽 찢어진 검은 눈망울이, 나는 못마땅해서 마당에 나와 눈발 속

에 얼마나 한숨을 내뱉었던가?

그래, 덜 만들어진 옹기는, 거칠고 까끌까끌했던 울 엄마 손

아무래도 너무 늦은 그믐달 밤길, 언덕길 넘어 허겁지겁 달려와

안아주던 그 거친 숨결 속에,

마루에 막 내어던진 마른 생선 한 두릅의 냄새

기다리다 지쳐 잠이 든 어린 머리를 거칠게 안아주던 울 엄마의
손, 젖가슴, 품 안에서의 따스함.
아무래도 투박하고 아무래도 못나서 아무래도
울 엄마

흙에서 나고 자랐는데 왜 나는 그리도 못마땅해했던가?
모든 것을 다 태우고 돌아섰던 지난날의 모질고 모진 업화(業火)
속에서도
태우지는 못하고 결국 응어리지고 남은 그 한 덩이
깨뜨리고 부서뜨리고 넘어뜨리고 무너뜨리고 넘어져도,
단단하게 뭉쳐있는 가슴속에 토해낼 수 없는 그 한 덩이가
울 엄마

도자기, 아픈 불꽃을 안고 꽃으로 피는
아프고 아팠던 불꽃 같던 나를 안고 한없이 고운 꽃으로 피었던
울 엄마

성냥
개비

바이올린 레슨

- 수빈이에게

팔을 쭈욱 뻗어서 스크롤을 감싸 쥐어보렴. 옳지. 거기까지가 네가 펼쳐내어 보일 수 있는 목소리의 한계야. 그것에 곧 익숙해지고 많이 좌절해야 할 거야. 왼손은 늘 그렇게 한계 속에서 정확한 길을 찾으려고 발버둥 치겠지. 근데 너의 오른손에는 다른 무기가 하나 있어. 그건 기회야.

오른손에 쥔 활은 때론 네 팔보다 길고, 때론 네 팔보다 짧지. 인생도 그래. 끝과 끝이 정해져 있어. 언제까지 살 수 있게 될지 인간은 알지 못해. 가야할 곳도 무척이나 한정적이야. 하지만 다행인지 불행인지 너의 재능으로 선택할 수 있는 길이 네 앞에 네 갈래의 길로 놓여 있어. 무엇을 선택하고 어떻게 움직여야 할까?

은빛과 금빛 색색의 실로 끝을 묶어 잡아당겨 놓은 그 길은, 마치 인생의 네 번 사계절과 같지. 봄날의 참새들이 우는 것처럼 재재거리는 여자들의 목소리로 노래하다가, 여름날의 빗방울 소리처럼 똑똑 창문을 두드리는 소리도, 가을날에 색종이를 접어 날리는 높은 가을 하늘처럼 청량한 목소리를 낼 수도 있고, 겨울 할아버지의 목쉰 기침 소리를 낼 수도 있단다.

너의 날개는 나방처럼 아프게 가루로 부서지는 그런 것이어도 좋

아. 그래 이제 한 번 퍼덕여봐. 네겐 크기 따위는 상관없이 하늘을 날 수 있는 날개가 있어. 아직 하늘을 날기 위한 훈련의 시간이 부족할 뿐이야. 그렇게 수만 시간의 수천 번의 활질들이, 찌르고 갈라낸 그 허공 속에 활을 들고 있는 너의 파편들이 묻어 있어. 하늘을 도저히 날 수도 없을 것만 같았던 도전 속에, 겨우 허공의 그 끝 모를 어둠을 처음 더듬었던 순간 속에, 개똥벌레의 날개처럼 짧은 활을 들고 있었던 네가 있었어.

두려워? 갈 곳이 없을 때가 두려운 거야. 하늘에 갈 수 없는 곳은 없어. 다만 네가 날개를 펴고 뛰어보지 못했을 뿐이지. 현 끝에서 현 끝까지. 다시 한번 그 기억들을 더듬어 음계를 긁어볼까?

옳지. 그렇게 따스하게 한 번. 다시 한번 바이올린의 그 가는 팔목을 쥐고, 그 어깨를 한 번 감싸 안아봐. 네가 껴안고 좌절했던 그렇게도 흐느꼈던 밤과 그 시간들이, 그 열정과 희열과 흥분들이 다시 네게로 한 조각씩 돌아오면, 그것들이 가라앉은 그곳에 송진들이 가라앉은 그곳에 네가 다시 서 있어.

은빛의 수많은 활들이 항해자의 깃발처럼, 항구에 기대어선 배들처럼, 음악의 항로에 나설 준비를 갖추고 수많은 악보의 기호들이 반짝거리는 오케스트라의 그 무리 속에서. 침묵 같은 어둠이 내려앉은 무대 위의 새벽, 이제 막 번데기의 고치를 벗어나 드넓은 우주의 별빛 아래 젖은 날개를 말리며, 풀잎에 앉은 네가 나비처럼

성냥
개비

이제 막 솟아오르기를 기다리고 있어.

자, 그 손을 다시 한번 잡아볼까?

꿈의 어장

밤하늘을 바라보는 이들은 누구나
자신만의 꿈의 어장을 조금씩 가지고 있다.

총총히 성근 별들이 밤하늘의 계절 사이를
우리들의 머리 위에서 맘껏 유영하고 있을 때
스르르 팔베개 하고 평상에 누워 밤하늘 밤바다를 올려다보면
어느새 검은 머리 적시는 밤물결의 파도 소리가
귓가에 가득 들어찬다, 뱃전을 두드리는 잔물결들이 까르르 웃으
며 다가오다 물러선다.

밤하늘은 한없이 신비로우며 끊임없는 모험과 긴 여행으로 가득
차 있다.
우리들이 알지 못하고 가보지 못했던 저 멀고 깊은 심연의 바닷속
에는
수없이 빛을 내며 달려가고 점멸하고 숨을 내쉬며 명멸하고
그림자 산호초 사이로 숨바꼭질하는 은빛의 생명체들이 이리저
리 움직이고 있다

성냥
개비

하늘 속의 설화

태양은 하늘을 태우며 그곳에 서 있었네

떠 있다는 것만으로는 표현할 수 없는

붉은 심장을 두근대며 강물 위에는 떠 있을 수가 없어

건져 올릴 수 없는 감정을 빛내며

태양은 하늘을 불태우며 그렇게 어둠 속으로

모든 이야기와 전설과 설화가

저 하늘 위에 태양과 달과 별들이

어우러지고 헝클어져 한데 엉겨서

밤하늘 속에 빛을 내고 있는데

그대 내 눈앞에 눈동자를 빛내며

내게 묻고 있네

살아온 날들 속에 당신의 삶은

저 하늘의 어디쯤 어드메쯤에

궤적을 그리며 가고 있었느냐고

흔들리며 흘러가는 별들의 이야기를 그려본다.

달맞이꽃

- 가곡 "Mom" (작사 : 양여천, 작곡 : Jon Healer)

은구슬이 흘러간 머리 위 하늘

별빛은 다 지워놓고

달빛 보며 서 있고 싶어

별도 없이 늦은 밤 캄캄한 어둠 속에서

환하게 웃음 지으며

마중 나온 달 같은 엄마

별처럼 아름다운 날들을

달처럼 나만 보고 산 엄마

달이 지는 엄마 얼굴

얼마나 볼 수 있나

엄마 얼굴 초승달처럼

항상 기억이 안 나

엄마 얼굴 초승달처럼

항상 기억이 안 나

별처럼 아름다운 날들을

성냥
개비

달처럼 나만 보고 산 엄마

달이 지는 엄마 얼굴

얼마나 볼 수 있나

이젠 그만 아픔 없이

나와 함께 웃어요

가곡
달맞이꽃
♩노래듣기♪

유리병에 담은 편지를 바다에 띄워 보내는 것처럼,

첫 시집을 세상에 내놓는다.

망망대해 앞에서 이 유리병은 폭풍우를 만나 깊은 바닷속으로

사라져 버릴지도 모른다.

내가 알지도 못하는 사람들의 손에 들려 그에게 어떤 바닷속 모험

이야기를 들려줄 수 있을지,

아니면 그저 무심하게 펼쳐져 보이지도 못한 채 한없는 표류만을

계속하게 될지도 모른다.

그저 분명한 것은, '시처럼 살자'라고 크게 적어놓고 살아왔던

나의 인생에

명멸하는 불꽃들, 연기를 타고 하늘로 올라가는 불티들,

닿을 곳 없이 막연한 별을 헤아리다

평상 위에서 엄마를 기다리다 잠이 든 아이처럼,

내 인생의 사람들을 사랑한 나의 이야기가

이 시집 속에 아로새겨져 있다. 삐뚤빼뚤 꼭꼭 눌러서 썼던
그 페이지들이,
만족스럽다 할 수는 없지만, 누군가를 만나 그 머릿결을
매만져주는 바람처럼
머리를 씻어주는 것이 되었으면 좋겠다. 가슴에 흘리지 못한
눈물이 되었으면 좋겠다.

성냥개비 한 개비를 그어, 두 손을 모은 그 불꽃 속에 환하게
웃음 짓고 있을,
내 주를 향한 기도가 될 수 있었으면 좋겠다.

보잘것없는 내 글에 독자가 되어주신 분들에게 감사를 표하며,
하늘의 별처럼 내게 빛을 주었던 수많은 문우들과
내 곁에 사랑하는 가족, 부모님, 아직 어린 내 아들과 딸
그리고 내 인생의 반려자에게

무엇보다 내 삶의 주인 되신 하나님께 감사와 영광을
돌려 드리고 싶다.

2022. 3. 15 양여천

성냥개비

2판 1쇄 발행 2023년 10월 3일
지은이 양여천

편집 양보람　**마케팅·지원** 김혜지
펴낸곳 (주)하움출판사　**펴낸이** 문현광

이메일 haum1000@naver.com　**홈페이지** haum.kr
블로그 blog.naver.com/haum1000　**인스타** @haum1007

ISBN 979-11-6440-432-2 (03810)

좋은 책을 만들겠습니다.
하움출판사는 독자 여러분의 의견에 항상 귀 기울이고 있습니다.
파본은 구입처에서 교환해 드립니다.